아버지는 책사다

Over a Wall
Poetry

22

아버지는 역사다

강돈희 시집

5

2016 ⓒ 강돈희

담장너머

아직도 향상될 여지가 많다는 뜻이지요

2015년을 보내며, 또 한 권의 시집 『아버지는 역사다』를 묶습니다. 얼떨결에 시작한 시 쓰기가 어느새 십여 년이 되었습니다.

이번 시집이 다섯 번째이니 벌써라고 해야 하나요?

아니면 이제라고 해야 하나요?

본의 아니게 다작으로 가고 있는 자신을 보면서 스스로 놀랄 때가 있습니다.

'내가 이렇게 많은 시를 쓰다니….'

4시집을 묶은 지 3년이 쏜살같이 흘렀습니다. 덧없는 세월을 찬찬히 다시 곱씹으며, 여기 묶일 시들을 읽고 또 읽으며 가만히 되새겨 봅니다. 부끄러운 시도 있고, 재미난 시도 있고, 제법 시맛이 나는 시도 있습니다.

짧으면서 쉽고 편한 시를 쓰고자 애쓰는 편입니다. 잘됐건 못됐건 다 제 자식들입니다. 어여쁘게, 귀엽게 봐주시면 감사하겠습니다.

부끄러운 시가 있다는 것은 고맙게도 아직도 향상될 여지가 많다는 뜻이지요.

우직한 황소의 걸음으로, 화려강산 삼천리를 수놓겠다는 마음으로 앞으로도 열심히, 그리고 꾸준히 시의 길을 가겠습니다.

이 허황된 욕심이 저를 미소 짓게 합니다.

참으로 고마운 삶입니다.

늘 건강하십시오!

감사합니다!

2015. 11. 09

깊어가는 가을, 늦장마 걷힌 아침에 채선당에서

강도희

차례

차례

차 지붕 위에

수만 송이 꽃으로

옹기종기 피어난 하얀 비 꽃들

1부

아버지는 역사다

금통구역禁通區域

금연구역이 있듯이
금통禁通구역도 만들어야 한다

전화 통화 함부로 하는 것 막아서
시끄러운 것 듣지 않을 권리 보호해야 한다

남의 사생활까지 알게 되는 억지스러움
듣기 싫은 이야기까지 들어야 하는 고통스러움

때와 장소를 가리지 않고 마구 터지는
남의 입장 아랑곳하지 않는 저 몰염치와 몰상식

이젠 그런 것들에게서 벗어나야 한다
금통구역 강력하게 만들어서 귀의 평화 지켜야 한다

무엇으로

그대
무엇으로 나를 매혹시킬 것인가

몸과 스타일로
앞서가는 감각으로
착하고 따뜻한 마음씨로
반짝이는 유머와 입담으로
해박한 지식과 풍부한 경험으로
놀라운 감성과 기발한 상상력으로
빼어난 미모와 해맑은 눈빛으로
멋진 작품과 다양한 재능으로
아무리 써도 남는 시간으로
아니면 넘치는 돈으로

설마 이 중에 하나도 없는 건 아니겠지?

설마?

얻어먹은 밥

점심 한 끼 얻어 먹었다
행사 끝나고 남은 밥

덩어리지고 식어서
푸석푸석 부서지는 밥

"맛없지요?" 묻는 말에
어이구 이것도 황송하지요

얻어먹는 주제에
찬밥 더운밥 가릴 건 아니지요

아침저녁으로 잘 먹으니
점심 한 끼 정도 부실해도 괜찮다

끼니 거르지 않고 산다는 게
얼마나 고마운 일인가

갑자기 잘 먹고 잘사는 게
어떤 것인지 궁금해졌다

이만 하면 잘 사는 거 아닌가
배부르니 졸음이 단물처럼 몰려온다

의문

감동할 준비도 안 되어 있으면서
감동으로 가슴을 채울 의지도 없으면서
감동을 얻으려는 생각도 없으면서
감동이 가슴에 쌓여있지도 않으면서

무엇으로 시를 쓰나요

1부 _ 아버지는 역사다

보슬비

너무 부드러워
파문을 일으키지도 못하는
작은 빗방울이 있다

너무도 작고 연약해
아무런 충격도 주지 못하지만
때론 옷을 적시기도 한다

차 지붕 위에
수만 송이 꽃으로
옹기종기 피어난 하얀 비 꽃들의 향연

작은 것들이 모이면
얼마나 아름다울 수 있는지
저 작은 빗방울들이 일러주고 있었다

착시현상

처마 밑에서란
글씨가

치마 밑에서란
글씨로 보이는 현상!

맑아지는 마음

아침에 시를 읽으면
마음이 맑아진다

아침에 시집을 대하면
기분 좋게 하루를 열 수 있다

아침엔 시만 생각해도
마음이 순해지는 걸 느낄 수 있다

아침에 시를 조곤조곤 낭송하면
활력으로 충만해지는 자신을 보게 된다

아침에 시 한 수를 마음에 새기면
시를 쓴 시인보다 더 큰 세상을 가슴에 담게 된다

새 문화현상

새 문화 시대가 열렸다
온 세계가 다 같은 현상이다

손에 들고 있는 문화 혁명
인류의 운명이 거기에 달렸다

달려오는 차도 무섭지 않고
뚜껑 없는 맨홀도 두렵지 않다

달리는 전철 안에서도 오직
앉으나 서나 줄곧 붙잡히는 시선

폰만 붙잡고 있으면 행복한 시대
오 오, 우리의 구세주 스마트폰 만세

여자다

여자다
버스 간에서도 거울을 들여다보는

여자다
별거 아닌 이야기에도 까르르 웃는

여자다
기를 쓰고 짧은 치마를 입는

여자다
멀쩡한 얼굴을 손보는

여자다
남자는 무조건 커야 한다고 생각하는

여자다
시집 잘 가야 팔자가 고쳐진다고 여기는

아가씨

상당히 짧은 치마를 입었다

엉덩이만 겨우 가렸다

보기에도 아찔하다

그래도 보는 재미는 있다

찌는 더위에 한줄기 시원한 바람이다

영그는 삶

과일 익듯이
사람도 익었으면 좋겠다

신물이 빠지고
꿀 같은 단물이 들듯이

스스로 더 향기롭고
더 아름다운 열매가 되는 삶

세월 흐를수록
더 튼실하게 영글어 간다면 얼마나 좋을까

물집

가운데 손가락 셋째 마디에
앙증스런 물집 생겼다

할아버지 이발해드리느라
예초기 잠시 돌렸더니

그것도 일이라고 생색을 낸다
버젓이 자리 잡고 떼를 쓴다

보란 듯이 부풀어 올라
어르지 않으면 난리라도 칠 판이다

가만히 눌러 본다
말랑한 맛이 꼭 곶감 같다

지 성질만 부릴 줄 알 뿐
아무런 향기도 없다는 게 특징이다

좋은 세상

좋은 사람 많아서

좋은 시 많아서

좋은 게 너무 많아서

세월이 유죄

만기 된 카드
새 카드로 도착했다

편지로 생각하시는 아버지
그게 무슨 편지냐고 물으신다

설명해 드리자니 그렇고
모른 척 넘어가자니 그것도 그렇고

물질이 넘쳐흐르는 세상 되었건만
아버지와는 상관도 없는 것들만 지천이다

카드가 그렇고 자동차가 그렇고 핸드폰도 그렇다
자식들은 그것들에 목을 매고 사는데

아무리 편하고 좋으면 뭐하리 아버지에겐 그림의 떡인 걸
무섭게 변해가는 세상이 문제인 걸

아버지 덕에 살고 있는 나로서는 그저 죄송한 마음뿐
아무것도 해드릴 게 없어 안타까운 마음뿐

신비

노래는 수백 곡 알아도
시는 한 수도 모른다

가수는 수없이 알아도
작곡가와 작사가는 모른다

담배 피울 줄은 알아도
재떨이에 버릴 줄은 모른다

자기 잘난 것은 알아도
자기 부족한 것은 당최 모른다

보이는 겉은 가꿀 줄 알아도
더 중요한 속은 가꿀 줄 모른다

문제점

착한 심성을 갖고 사는 것도 죄고
작은 덩치와 좋은 인상을 갖고 사는 것도 죄다

고약하고 더러운 성질을 갖고 있거나
등치라도 우람해야 남에게 만만하게 보이지 않는다

남들이 시비의 대상으로 삼는 건
오직 이 두 가지 이유가 대부분일 경우가 많다

아버지는 역사다

아버지는 役事를 통해 歷史를 이루어가는 力士다

세상의 모든 아버지는 歷史이면서 力士다

아버지의 삶이 곧 歷史다

디지털 파리

모니터에 파리 붙었다
커서로 아무리 때려도 꿈쩍도 않는다
백날 해봤자 아무 소용없다

미동도 하지 않는 파리
모니터를 끔찍이 사랑하나 보다
커서가 왔다 갔다 하면서 자기를 찔러도 관심도 없다

큰 배포를 지닌 놈이다
웬만하면 이게 뭐야 놀랄 만도 한데
투명한 화면 아래로 보이는 건 가짜임을 안다

21세기형 최신예 디지털 파리다

어떤 집

1.
풀 한 포기 없이 깨끗한 마당이 있습니다
풀이 돋기 무섭게 뽑아내기 때문이죠
열심히 마당을 가꾸는 그 집
집주인은 일 년 내내 책 한 자도 들여다보지 않는…

2.
풀이 지천으로 자라는 어수선한 마당이 있습니다
풀이 돋거나 말거나 내버려두기 때문이죠
마당 가꾸는 일엔 관심도 없는 그 집
집주인은 일 년 내내 오직 책만 붙잡고 거기 빠져 사는…

발에 대하여

하루에도 수십 번
손은 열심히 씻으면서

하루 종일 나를 지탱해준
발은 겨우 한 번 씻는 둥 마는 둥

발의 수고로움에 대하여는
두말하면 잔소리다

오로지 주인 위하여 묵묵히
자기 일을 수행할 뿐

땀나고 냄새나는
좁은 공간도 마다치 않고

손이 누리는 수만 가지 즐거움
누리지 못하며 살아도

불평불만 같은 건 애당초
모르는 운명을 가졌다

너, 고마운 발이여!

운명

하우스 가던 상추씨
길에 떨어져 싹을 틔웠네

수많은 차 무수히 오가는 길에서
애틋한 목숨 이어 가네

언제 끝날지 모르는 삶
단 하루를 살아도 천 년이네

음모

돌아오는 일요일엔
산정호수에나 가야겠다

누굴 꼬여서 같이 갈까
오늘은 그 궁리나 해야겠다

하루해가 짧겠다

하필

컵라면에 물 부어놓고 3분
막 젓가락 꽂고 첫 삽 뜨려고 하는데
하필 그 순간 손님 들어오시네

뜨려던 첫 삽 도로 내려놓고
손님 맞았네 라면은 부풀어 터지는데
이 이야기 저 이야기 끝이 없네

하고 싶은 말 다 하고 돌아간 손님
부리나케 돌아와 첫 삽을 뜨니
팅팅 불어터진 면발 수면보다 높이 떴네

인제 와서 어쩌겠나 이것도 팔자인 걸
없는 것보다 나으려니 고픈 배 달래는데
불어도 꿀맛이라 시장이 반찬이로세

진리

해는
동해에서 떠서
서해로 지는 것이 아니다

해는 늘
수원산에서 떠서
왕방산 너머로 지는 것이다

해는 언제나
우리 집 앞산에서 떠서
우리 집 뒷산으로 지는 것이다

* 사진_ 아버지의 황밤
* 황밤_ 말려서 껍질과 보늬를 벗긴 밤

아버지의 사랑

아침 출근길
차 끌고 나가는데 아버지
"돈희야!" 손짓하며 불러 세우신다

창문 배꼼이 열고
왜요?
무슨 일인가 궁금했는데

이거 황밤이다!
먹어봐 살살 녹는 게 맛있어!
무언가 건네주신다

휴지에 싼 노랗게 마른 작은 밤 두 쪽
가슴에 따뜻한 물결이 일었다
아, 이게 사랑이구나!

95세 늙은 아버지가
56세 젊은 아들에게 주는 작은 선물
눈물겹도록 애틋한 사랑이다

나는 오늘도 아버지의 사랑으로 산다

그 많은 이름 중에

반짝이는 이름 하나 있다

내 이름 있다

2부
마르는 것들

마르는 것들

세상은 마르는 것들로
이루어져 있다

세상에 마르지 않는 것이
어디 있으랴

찬란히 빛나는 예술도
언젠가는 말라버린 유물이 되고

아름다웠던 우리 사랑도
때가 되면 세월의 뒤안길로 사라지리니

세상에 마르지 않고 온전히
서 있는 것은 아무것도 없는 법

언제쯤일까 내 몸이 마를 날은
흔적조차 없이 말라서 사라질 날은

가을 이야기

햇살 머금어 빨갛게 익은
대추들을 땄다

이마의 굵은 땀방울이 동글동글
대추를 닮아 있었다

파란 가을 하늘이 싱긋
해맑은 웃음을 덤으로 보내주었다

손아귀에 탐스럽게 영근 가을이
지난 세월을 되돌아보며 알알이 반짝거렸다

크고 굵은 대추를 보약인 양 날것으로 실컷 먹은 나는
벌써 올겨울이 마냥 기다려지는 것이었다

건조한 마음

비는 줄곧
오늘도 내리는데

왜
마음은 젖지 않을까

왜 항상
건조함에 찌들어 있을까

뻑뻑한 가슴에 윤기 돌 날은
비가 얼마나 더 내려야 찾아올까

별

그 많은 이름 중에
반짝이는 이름 하나 있다

내 이름 있다

형상

포천시 소흘읍에 송우리 있다
'송우학원' 차 뒷문에
커다랗게 빨간색으로 써 붙인 두 글자가 눈에 확 들어온다

뭐 눈엔 뭐만 보인다더니
'송 우' 라는 저 글자가 내 눈엔 '♂ 우' 로 보인다
무엇이 문제일까

아마 내 마음이 삐뚤어졌나 보다

12월

나이 한 살 더 먹는 일
코앞에 닥친 12월

나이가 늘어가니
약 먹을 일도 늘어가네

건조한 계절 탓인가
난생처음 겪는 피부병

세월을 먹는 일은
이렇듯 서러운 일인가 보다

앞으로 남은 삶
약으로 살 순 없거니

향기롭고 건강한 노후
가슴으로 소망하는 이른 겨울

어떤 외로움
- 강아지의 소망

강아지도 사람이 그립다
집에서 떨어진 주차장에 매어 둔 강아지
사람만 보면 난리다
주인이건 아니건 상관없다

어루만져 주고 쓰다듬어 주고
말 건네주고 따스한 눈길 주는 사람이면
다 고맙다 모두 주인이다
홀로 지내는 시간 길수록 정 그리워 눈물도 많아진다

강아지도 사랑이 그립다
밥만 준다고 그게 사랑이더냐
잠자리만 주고 그걸 사랑이라 하느냐
따뜻한 마음 나누어주는 그것이 참사랑이지

변방

여기는 변방
언제나 푸대접 받는 곳

눈여겨보는 사람 없고
관심 갖는 사람조차 전혀 없는

무심한 한겨울 맵찬 바람도
얄밉게 비웃음 흘리며 지나쳐 가버리는 곳

세월 흘러 시대가 바뀌었어도
옹고집처럼 변하지 않는 그 사실 하나

언제나 여기가 변방이라는 것
그 잘나빠진 사실 하나

불량

마당이 불량이다
얼었던 땅이 녹아서 질척질척 울퉁불퉁

상태가 꽤 불량한 차 하나
불량한 공기를 가로질러 나간다

사람도 불량이고
세월은 더욱 불량이다

물론
나도 불량이다

일찍 들어와

1.

일찍 들어와
날도 추운데 일찍 들어와

내년이면 96세 되시는 아버지
오늘도 아침 출근길에 거듭 말씀 하신다

일찍 들어와

.

.

.

해 저물면 일찍 들어와

2.
오늘도 가니
그럼은요 가야죠

뭘 가
눈 오는데

올해 96세 되신 아버지
갈수록 걱정이 늘어만 가신다

일찌감치 들어와
해 지면

눈 오는데
.

.

.

일찍 들어와

행복

마누라 차가 들어오는 것을 보고
문밖에 나가서 기다렸다

추운데 왜 나와 있어요?
마누라 기다리는데 추위가 문제야!

난 말을 너무 예쁘게 한다
이것도 사랑의 하나임을 나는 안다

다른 것 부족해도 말 하나만이라도
이왕이면 예쁘게 하는 것

돈 드는 일도 아닌 소소한 이런 일 하나가
봄 햇살처럼 한겨울 추위를 녹인다

잔뜩 얼어 있던 마누라 마음에
봄바람처럼 따스한 온기 훅 스며들어 갔으면 좋겠다

축복

간밤에
반가운 첫눈 왔으니

첫 커피는 고마운 아내와 함께
첫 전화는 멀리 있는 그리운 친구에게
첫 문자는 언제나 박하 향 같은 애인에게

살아 있는 모든 생명에게
축복 있어라

2부 _ 마르는 것들
아버지는 외사다

깃대

꽃밭 한가운데
큰 깃대를 세우고 싶다

그곳에 언제나
태극기가 걸려 있어

처음 오는 사람도
누구나 쉽게 찾을 수 있고

바람이라도 불면
태극기 힘차게 휘날리어

하늘까지는 아니라도
허공에 감동이 가득 퍼지는

높은 산처럼 우뚝하고
큰 탑처럼 반듯한 깃대를 갖고 싶다

사랑이 언제나 펄럭이는
아름다운 깃대 하나 마음에 세우고 싶다

봄비

누구 가슴에 불을 지르려 내리는 봄비냐
누구 가슴에 지핀 불을 끄려고 내리는 봄비냐

겨우내 메말랐던 대지에 소리 없이 내려
손길 닿는 곳곳마다 소중한 새 생명 피워 내리니

아무리 척박하고 바위처럼 딱딱한 것들에게도
골고루 나누어지는 한줄기 싱그러운 생명줄이구나

두릅

또옥 또옥 새순을 딴다
고운 빛을 딴다

여리디여린 새 생명, 여리고 여린
그 목을 딴다

올라오며 부풀던 푸른 희망
순식간에 사라진다

빛은 꺼지고
어둠이 다시 자란다

동행

처제 내외는
아들 면회 가서 좋았고

우리 내외는
마님 생일 기념 여행 삼아 좋았고

춘천 조카 내외는
딸네 집 들러서 사위 자랑해서 좋았고

혼자 간 수길이는
이래저래 두루두루 모두 다 좋아서 좋았고

지나간 인생

차 바꾸다 보니 인생이 지나갔네

30대의 르망
40대의 크레도스
50대의 SM520

이제 60대엔 어떤 차를 타게 될까

어느 날 문득 인생 되돌아보니
차 바꾸느라 바쁘고 고단했던 한평생이었네

차 바꾸다 볼 장 다 본 인생이었네

꽃뱀

물어야 하리
검은 욕심

미소 속에 감춘
무서운 덫

비상을 꿈꾸는
천사표 독사

신바람

봄이 되자
아버지 신나셨다

날씨 풀리자
가만있질 못하신다

얼었던 땅 녹으니
농사 준비 서두르신다

겨우내 일없어
근질근질하던 몸 푸신다

잔잔한 봄비 정도는
아무렇지도 않게 맞으신다

"비 맞는 게 어때서"
입가에 번지는 푸른 미소

아버지 마음엔 벌써
파릇파릇 새싹이 돋았다

같으면서 다른 길

두 사람이 같은 장소에서 강연을 했다
둘 다 잘 생긴 훈남들이었다

한 사람은 재래시장에서 커피를 팔고 있었고
또 한 사람은 스포츠댄스의 우리나라 최고 무용수였다

한 사람은 무엇인가를 이루려고 하는 사람이었고
또 한 사람은 이미 많은 것을 이룬 사람이었다

한 사람은 몇 년 동안 단 하루도 쉰 적이 없었고
또 한 사람은 세계를 주유하며 큰 명성을 쌓고 있는 중이었다

한 사람은 출발부터 힘들어 보였고
또 한 사람은 모든 것이 순조로워 보였다

두 사람이 가는 길은 차원부터 엄청 달랐으나
두 사람 다 자기 삶을 사랑하는 것은 마찬가지였다

유통기한

유통기한이 5개월이나 넘은
라면을 끓여 먹었다

딸내미는 안 된다고 난리를 쳤으나
내가 임상 실험의 대상이 되기로 마음먹었다

하루가 지난 지금까지 멀쩡하다
유통기한은 그 안에 먹어야 제대로 맛있다는 뜻이다

마음 약해서

저녁 무렵 가게 건너편
길가 차에서 파는 전기구이 통닭

한 마리에 오천 원
두 마리에 팔천 원
세 마리에 만 원

한 마리만 사자니 비싼 것 같고
두 마리 사자니 이천 원만 보태면 세 마린데
세 마리 사자니 누가 다 먹나 싶고

망설이는 동안
입안엔 군침만 송골송골

통닭 하나 사기도 무지 힘든 세상
.
.
.

한 마리도 못 사고 어느새 다가온 퇴근 시간

안으로 안으로 파고드는 이유는

그 안에 더 크고 넓은 세계가 있기 때문이다

3부
잊혀진 시간

두 손님

손님 한 분
수선비 만삼천 원을 고맙다며
이천 원 더 보태 만오천 원을 주고 갔다

그 손님 나가자마자 들어온 새 손님
수선비 만이천 원을 깎아서
만 원만 주고 갔다

똑같은 이천 원인데 느낌이 다르다
불과 몇 분 차이로 만난 두 마음
나는 떨떠름했으나 두 손님은 웃으며 돌아갔다

이천 원을 더 주고도 웃는 사람이 있고
이천 원 깎아야 웃는 사람도 있다
어느 웃음이 더 예쁜가

잊혀진 시간

어제의 화려했던 즐거움과 행복이
오늘 아침 미끄덩 빠져나간다

어제 무슨 일이 있었냐고
마치 비웃기라도 하듯이 시원하게

이제 남은 건 작은 기억 한 조각
그마저도 잠시 후면 곧 지워지고 말 그런

정답

애인 있느냐고
나에게 물어온다면

나는 답할 것이다
애인이 많아서 걱정이라고

정말로 애인이 많냐고
다시 물어 온다면

나는 분명하게 답할 것이다
그렇다고 틀림없다고

몇 명이나 되냐고
웃으며 넌지시 물어 온다면

나도 웃으며 답할 것이다
세보지 않아서 잘 모르겠다고

어떻게 애인이 그렇게 많냐고
장난삼아 또 물어 온다면

나는 자랑삼아 답할 것이다
있는 그대로를 보여줬을 뿐이라고

보여준 게 무엇이냐고
애가 타서 거듭 물어 온다면

나는 가슴을 활짝 펴고 답할 것이다
자, 보라고 이 보이지 않는 내 마음을 보라고

야생

내가 밖으로 돌지 않는 이유는
야인이 될까 두려워서다

야생이 몸에 배어 야성이 짙어져
따뜻한 가슴 잃을까 봐 두렵기 때문이다

안으로 안으로 파고드는 이유는
그 안에 더 크고 넓은 세계가 있기 때문이다

파고 파도 파지지 않는 진리가 그곳에 있기 때문이다
죽을 때까지 파도 끝이 없는 일이기 때문이다

헛소리

나이 탓인가
말이 자꾸 헛나온다

운동화가 작아서 발이 없어… 발이 작아서 운동화가 없어

물놀이하려고 펌프에 바람을 넣네

미친 짓

미쳤구나
온 식구 태우고 140킬로

정말 미쳤구나
마누라 옆자리 앉히고 160킬로

아주 미쳤구나
친구들 가득 태우고 180킬로

정말 아주 미쳤구나
얼마나 나가나 보자고 200킬로

죽지 못해 환장했구나
바늘 끝까지 밟아 보자 220킬로

더 못 밟아 한이구나 250킬로
더는 나가지가 않는다 300킬로

이제 붕 하늘로 뜰 일만 남았다
한 순간에 가는 목숨 죽어도 아깝지 않구나

총천연색

인생이 총천연색이다
희로애락 있으니 총천연색 아니고 무엇인가

검정과 흰색뿐이던 고무신
요즘 신발들은 온통 총천연색으로 사방이 눈부시다

원색의 등산복이 일상복이 된 지금
이젠 속옷까지도 화려한 색상으로 현란한 춤을 춘다

입고 걸치고 신는 것들만 그런 것이 아니다
읽고 쓰는 시와 문자도 원색 아니면 힘을 못 쓴다

지금 세상은 완전 총천연색 전성시대
흑백으로 넘치던 세상이 저만치 물러서고 있다

무너진 전설

이렇게 무너지나
한 시대를 풍미했던 전설이

이렇게 저무는가
한 세기를 관통해온 작은 신화가

이렇게 쓰러지고 마는가
일생을 오직 땀으로 일구어온 한 역사가

약속

아름답게 늙어 가기
늙을수록 더 아름답기

누가 알랴

먹다 남은 더덕을
먹다 남은 양파 그릇에 넣었다

양파가 더덕을 어떻게 받아들일까
자, 어떤 일이 벌어질 것인가

마음이 고운 놈은
어, 이게 무슨 향긋한 냄새야! 넌 누구니?
할 것이고

심성이 사나운 놈은
어, 이게 무슨 고얀 냄새여
넌, 뭐여? 어디서 굴러먹다 온 놈이야? 할 것이고

더덕을 양파 그릇에 쏟은 마누라 눈에도
그 앞에 앉아 있던 내 눈에도
보이는 건 아무 것도 없지만

누가 알랴 쟤들의 속을
어떤 문제들이 일어나고 있는지를

어떤 도둑

도둑이 따로 없네
갈수록 작아지는 과자 봉투

크기는 작게 숫자는 적게
무게는 덜고 부피는 줄이고

포장은 더 화려하게
이벤트는 더욱 요란하게

값은 올라도 맛은 늘 제자리
버젓이 앉아서 생도둑 맞은 기분

3부_잊혀진 시간
이버지는 역서다

감동을 찾아서

하늘의 별도 조는 밤 세 시까지
눈 부릅뜨고 세계육상선수권대회를 보면서
탄성과 감탄을 하는 사람이 얼마나 될까

육상이 얼마나 재밌고 멋있는 스포츠인지
아는 사람도 많지 않고 보고 즐기는 사람은 더욱 적다
인간의 한계에 도전하는 인간 본연의 스포츠

더 빨리 더 높이 더 멀리
오직 그것을 위하여 혼신의 힘을 다하는 선수들
그리고 끝없는 환성과 박수로 응원을 아끼지 않는 관중들

인간의 한계에 도전하는 모습은 아름답다
이 악물고 젖먹던 힘까지 다하여
성적이 아닌 기록에 도전하는 모습은 감동 그 자체다

수만 리 떨어진 모스크바의 저녁을 수놓으며
찬란하게 펼쳐지는 스포츠의 향연에
오늘도 내 가슴은 감동으로 뜨겁게 벅차오른다

뭐 땜에 사나

겉으로 봐서는 도니가 가장 못사는 거 같다
비행기도 한 번 못 타보고
제주도 한 번 못 가보고 사니까

도니보다 어려운 사람들도 동남아에 유럽 다녀오고
제주도 하며 여기저기 잘도 다닌다

도니는 뭐 땜에 사나

흙으로 돌아가기

이제는 흙으로 돌아갈 꿈도 접어야 한다
누구나 꾸었을 아주 소박한 꿈

조금씩 조금씩 서서히 썩어서 흙으로 돌아가는
그 거룩한 시간을 잊어야 한다

오래도록 누워서 맞이하고 견디어야 할
황금 같은 풍요의 시간을 누릴 기회가 사라지고 있다

이제는 내가 왔던 그 자리로 다시 완벽하게
흙이 되어 돌아갈 고귀한 자격마저 얻을 수 없다

썩을 수 있는 기회를 얻은 자는 복된 자이며
오로지 복된 자만이 썩어서 흙이 되는 복을 누릴 수 있다

번호에 대하여

이젠 번호가
이름보다 더 중요한 시대
모든 건 번호로 대표되는 세상
언제 어디서건 번호를 눌러야만 살 수 있다

주민등록번호와 자동차 번호
전화번호와 계좌번호
작품 접수번호와 수험번호
각종 복권 및 행운권 당첨번호
그리고 목숨만큼 소중한 비밀번호

수많은 번호 속에서 숨 가쁘게 산다
지금은 번호를 빼놓고는
아무것도 할 수 없는 허깨비 같은 세상
번호를 잊는 것은 삶의 나락으로 떨어지는 지름길

내 머릿속에 저장되어 있는 수많은 이름과
내 폰 속에 들어 있는 수많은 번호
가만히 들여다보면 기억이 새롭기도 하지만
전혀 기억나지 않는 것들도 많다

오늘 새 번호 하나 추가로 입력한다
얼마 동안이나 기억될지는 나도 모르지만

안주

오이는 쓰고
고추장은 짜고
고추는 맵고
홍당무는 시들었고
오징어는 질기고
김은 싱겁고
땅콩은 찌들었고
새우깡은 눅눅하고
순대는 말라비틀어졌고
매운탕은 너무 맵고
백숙은 흐물흐물 대고
닭볶음탕은 완전 맹탕이고

참 술맛 나겠다

어떤 죄

과속도 죄다
그런 사실을 모르는 사람들이
너무 많아 문제다

나도 그랬다
과속을 해서는 안 된다는 것을
잘 알고는 있었지만 죄라는 것까진 몰랐다

평소 과속을 즐겼고
심지어 다른 차와 경쟁을 일삼았다
과태료도 여러 번 물었으나 언제나 그때 뿐이었다

과속은 불법이다
사고가 나면 무조건 대형 사고다
그러니 죄가 되는 것이다

그렇다고 기어가는 건 싫으니 이것도 문제라면 큰 문제다

골프

내가 골프를 안 하는 이유

돈이 없어서
푹 빠질 것 같아서
배울 기회가 없어서
운동 같지 않아서

남들 다 하니까

가장 좋은 말

집에 가자

밥 먹자

자자

하자

진실이 아닌 말

이런 노래가 있다
안 되는 일 없단다 노력 하며는

그러나 그건 진실이 아니다
세상엔 노력해도 안 되는 일 천지다

노력한다고 다 된다면
세상에 불행한 사람은 하나도 없을 것이다

누군들 뜻한 바를 못 이루랴
누구 하나 성공하지 못할 사람 어디 있을까

세상은 노력해도 안 되는 것이 많기에
눈물과 고통이 뒤따르는 것이다

열심히 땀 흘리며 노력하는 것이 아름다운 것이지
일의 성패는 오로지 하늘의 뜻이다

우리는 그저 열심히 자기의 할 도리를 다하면 그뿐
결과는 하늘에 맡길 따름이다 하늘의 뜻을 따를 따름이다

중요한 것은 노력해도 안 된다고 포기하지 않는 것이다
세상에 그것보다 더 큰 진실은 없다

추억 만들기
- 오늘 아침에 일어난 일

너는 나를 또 물었지
꽉 꽉 꽉

얼마나 힘껏 물었는지
한동안 말도 못하게 아팠어

네가 물은 손가락은
찢어지고 피가 줄줄 흘렀지

나도 너를 때렸지
팍 팍 팍

깨갱 깽 겁에 잔뜩 질린 채
울면서 맞았지

너를 때린다고 상처가
아물리도 없는데

우린 이렇게 추억을 만드는구나!
이게 우리의 추억 만들기니?

나는 오늘 있었던 일을 잊을 수 없을 거야
너는 아주 까맣게 잊을지도 모르지만

"일찍 들어와!"
기쁘면서도 아픈 말씀
사랑이 깊으면 걱정도 깊어라

4부
지는 일에 대하여

주인공

인생은 행사다
행사의 연속이다

태어남도 행사고
죽음도 행사다

끝없이 이어지는
행사 속에서

덧없이 세월은 흘러
주름만 늘었다

행사 없는 인생은
인생이 아니다

살아가면서 치러야 할
그 많은 행사

누구나 꼭 한 번은
주인공이 되는 법이다

반가운 것들

빨간 구두를 신은 아가씨를 보면 반갑다
솔 솔 솔 오솔길은 아니어도
단지 빨간 구두라는 이유 하나만으로도 반갑다

노란 셔츠를 입은 사나이를 봐도 반갑다
실제로 노란 셔츠를 입는 사나이는 많지 않아서
단지 노란 셔츠를 보기만 해도 어쩐지 반가울 것 같다

어려서부터 빨간 구두와 노란 셔츠를 들으며 자랐다
빨간색과 노란색이 유난히 눈에 띄는 색이라
더욱 마음을 빼앗겼는지도 모른다

오늘 빨간 구두 아가씨를 거리에서 만났다
반가운 마음에 두 눈은 더 커지고 미소가 지어졌다
여름이 바로 코앞에 와 있는데도 노란 셔츠는 보이지 않는다

귀신들

사람들이 어느 틈에
모두 귀신으로 변했다

수많은 카페를 보면서 느낀다
전부 커피 귀신들이야

문학모임 가면서 생각한다
전부 시 귀신들이야

복권 방을 지나면서 깨닫는다
전부 돈 귀신들이야

드라마를 보면서 뒤통수친다
전부 연애 귀신들이야

그랜저

참 흔해 빠졌다
28년 역사의 준대형 고급 승용차가
대한민국 국민차라니
그저 놀랍다

우리나라가 선진국이 된 것은
누가 뭐래도 확실하다
그 축에도 못 든
나는 뭔가

바보!

임종

초침이 까딱 까딱거리고 있다
9를 조금 넘은 곳에서
더는 나아가지를 못한 채
숨 가쁘게 떨고 있다

수명 다한 배터리
어제부터 눈에 띄게 현저하게 느리더니
오늘 기어이 고비를 맞았다
이제 갈 일만 남았다

무릇 수명이 있는 모든 것들은
언젠가는 그 수명을 마치게 마련이다
턱을 채지 못하고 바들바들 떠는 저 초침이
먼 저승길을 온몸으로 보여주고 있다

마치 숨이 넘어가듯
간당간당 가쁜 숨을 몰아쉬는데
과연 얼마나 더 버틸지
이제 머지않아 숨 가쁘게 달려온 생을 마감할 것이다

아버지

꼭 끌어안으면
으스러질 것만 같은
늙은 아버지 우리 아버지

97년이란 세월을 등에 업고
갈수록 동그랗게 오그라들기만 하는
점점 작아지는 아버지

"일찍 들어와!"
기쁘면서도 아픈 말씀
사랑이 깊으면 걱정도 깊어라

애국가

2013 프로야구 올스타전 개막식
애국가를 다문화가정 회원들이 불렀다
웅장한 반주도 없었지만
맑고 깨끗한 목소리에 정확한 발음으로
한 소절 한 소절 정성을 다해 한마음으로 불렀다
자랑스런 대한민국 국민이 되어 벅찬 가슴으로 불렀다

다른 나라에 시집 와 그 나라 국민이 되어
낯설었던 국가國家의 낯선 국가國歌를
힘들고 어렵게 배워 기쁨과 감동으로 불렀다
뜨거운 여름 저녁 하늘에 청아하게 울려 퍼지는 애국가의 물결
고난했던 세월이 그 속에 고스란히 묻어 있었다
지금까지 들었던 애국가 중에서 가장 아름다운 애국가였다

동물의 삶

개집에 대해서 생각해 본다
개집이 무엇이냐

아무 곳이나 묶어 놓으면
그 자리가 집이고 잠자리다

개밥에 대해 생각해 본다
무엇이 개밥이냐

사람들이 먹다가 남긴
음식 찌꺼기들이 개밥이다

아무렇게나 집이라고 처박아 두고
아무거나 밥이라고 주어도 고맙게 살아간다

저들에게 제대로 된 삶이란
제대로 된 주인을 만나기 전에는 어림도 없는 일이다

사람과 같은 말을 하지 못할 뿐
그들에게도 사람 같은 감정이 있고 눈물도 있다

무엇이 사랑이고 미움인지도 잘 안다
먹고 산다는 것이 무엇인지도 잘 알기에 복종을 한다

자신을 아무리 미워해도 주인 보면 반긴다
그게 개들의 타고난 운명이다

지금

죽음에 대해서 생각해 본다

삶에 대해서
사는 일에 대해서
지나온 인생에 대해서
늙음과 노후, 임종에 대해서
아버지에 대해서
아버지의 죽음에 대해서
그 이후 나에게 남겨질 일에 대해서
아버지 없는 집에 대해서
부모 잃은 자식과 그 삶에 대해서
앞으로 살아갈 일에 대해서
생로병사에 대해서
생각한다고 나아지는 것도 없지만
그럴수록 머리만 복잡해지지만
그것 말고는 할 게 없으니까
지금은 당장 이게 문제니까
나는 아직 살아 있고
앞으로도 많은 날을 살아가야 하니까

여전히 건강하고 뜨거운 심장을 가졌으니까…

4부_지는 일에 대하여
이제지는 닥서다

처제

처제가 울었다
나를 보자마자 울기 시작했다
처제가 울자 나도 따라서 눈물이 흘렀다

울지 마!
처제가 울면
나도 울게 되잖아!

처제의 눈물은
쉽게 그치지 않았다
형부! 언니가 삼십 년을 모셨잖아요!

그건 뜻밖이었다
처제는 마치 자신이 모셨던 것처럼
아버지의 죽음을 가슴 아파하면서 슬퍼했다

이루지 못한 꿈

그런 꿈이나 꿔봤어?
그런 생각이라도 해봤냐고

비록 망상처럼 느껴질지라도
뜬구름 잡는 것처럼 허망한 짓일지라도

그런 생각 단 한 번만이라도 해봤어?
아름다운 꿈 꿔보기나 했냐고 꿈도 못 꿔봤으면서

그것도 인생이라고 할 수 있어
그건 인생도 아냐

그저 숨만 쉬며 산 거야
그냥 잠만 자며 보낸 거야

너는

사이

그녀와 나 사이

나는 그녀를 지지배라 부르고
그녀는 나를 보고 영감이라 부른다

영감과 지지배 사이
그 건널 수 없는 넓이와 크기를 아는가

깊음이야 알 수도 없지만
그나마 눈으로 가늠해 볼 수 있는 건 다행이다

도저히 극복할 수 없을 것 같은 차이를
사이라는 이름으로 건넌다

그녀와 나 사이엔 이제 아무런 장벽이 없다
영감이어도 좋고 지지배도 괜찮다

좋은 사이엔 호칭이 문제가 될 수 없다

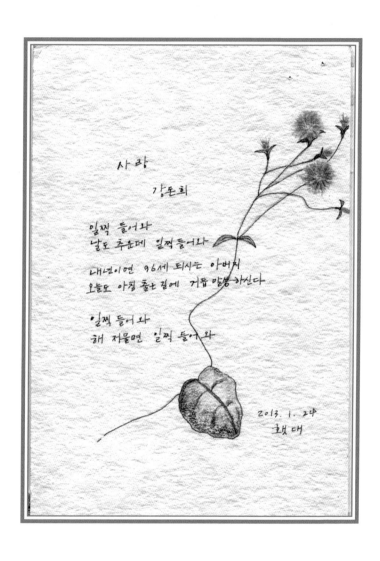

사 랑

강돈희

일찍 들어와
날도 추운데 일찍 들어와

내년이면 96세 되시는 아버지
오늘도 아침 출근 길에 거듭 말씀하신다

일찍 들어와
해 저물면 일찍 들어와

2013. 1. 24
효 대

소금 세례

나도 소금 맞아보고 싶다
드라마에 나오는 소금 끼얹는 모습
재수 없다거나 나쁜 기운 썩 물러가라는 의미

그런 거 말고 더 깨끗해지라는 의미에서
두툼하고 거칠고 하얀 된 소금
큰 됫박으로 나도 한 번 오지게 끼얹힘 당해보고 싶다

그렇게 산다

몇 년 전 포천 농협에서
조카 효선이 잔치 국수 먹던 날

어느 아주머니 한 분이 살포시 다가와
시집 잘 읽었다며 반갑게 인사를 건넨 적이 있다

엉겁결에 받은 인사라 얼굴도 잘 기억하지 못하지만
그런 일이 있었다는 건 확실하게 기억한다.

드디어 그끄제 잊지 않고 있었던 그토록 궁금하던
그 추억 속의 주인공을 알게 되었다

긴 망설임 끝에 어젯밤 퇴근길에 기쁜 마음으로
시집 한 권과 동인지 두 권을 가져갔다

가는 날이 장날이라고 주인공은 없고
두 따님만 있어 인사를 나눌 기회를 놓쳤으나

오늘 낮에 전화가 왔다.
책 가져다주어서 고맙다고, 잘 읽겠노라고.

나, 그렇게 산다
인생이란 참 따뜻한 거다

지는 일에 대하여

지는 일은
다 슬프고 힘겹고 눈물겹다

노을이 지는 일도
등에 짐짝을 지는 일도
경기에서 이기지 못하고 지는 일도
빚을 지거나 하나뿐인 목숨이 지는 일까지

지는 일에 나도 열심이었다
앞으로도 이기는 일보다 지는 일이 더 많을 것이다
얼마나 멋지게 지느냐 그것이 문제겠지만

진다는 것은 사라지는 것이 아니라
새롭게 거듭나는 일이다

세월에 묻혀

어쩌다 끼었지만
평생 자랑으로 삼고 살았다

그 자부심 그 긍지
그것 하나만으로도 이미 충분했다

이제는 내 길을 가야 한다
오랜 세월 지나왔던 길 되돌아서

세월은 나를 기억하지 못할 것이고
나 또한 세월을 굳이 기억하지 않을 것이다

그저 묵묵히 세월에 묻혀 흘러갈 뿐이나
자부심과 긍지는 삭지 않을 것이다

가벼운 묘사로 무게를 얹는 시

방초 이석구

강돈희 시인의 다섯 번째 시집 『아버지는 역사다』를 펴내기 전에 감상하게 되었다. 놓지 못하고 단숨에 90여 편의 시를 읽을 수 있었던 것은 강 시인의 시는 그 내용이나 표현이 소박하고 순수하며 난해하지 않음으로 서다.

단지 난해하지 않다는 것으로 혹자는 그렇기에 미흡한 것으로 폄훼할 수 있을지 모르나 필자는 그렇게 생각하지 않는다. 그의 시는 편안하게 음미할 수 있으며, 그런 시의 세계가 강 시인의 시의 진수요 강점이다. 그의 시에는 진실이 담겨 있고, 순수하고 간결한 것이 더욱 시로서의 구실을 하고 있는 것이다.

그의 시에는 일목요연하게 투영되는 이미지가 있다. 문학의 장으로 치면 콩트 같은 맛을 낸다.

우선 재미있는 묘사의 시어와 폐부를 찌르는 '페이소스', 유머러스한 표현으로 촌철살인(寸鐵殺人) 하는, 가벼운 묘사로 무게를 얹는 시로 평가하고 싶다. 또 사물을 정의와 물의로 대입시키고 희화(戱畵)한다. 강 시인은 진정한 서정시인이다. 강 시인의 시는 부담 없이 접하게 하는 '세일' 같은 상품이다.

시 몇 편을 감상해 보자.

보슬비

너무 부드러워
파문을 일으키지도 못하는
작은 빗방울

너무도 작고 연약해
아무런 충격을 주지도 못하지만
때론 옷을 적시기도 한다

차 지붕 위에 수만 송이 꽃으로
옹기종기 피어난
하얀 비 꽃들의 향연

이 보슬비 한 편으로 강 시인의 자연, 인간, 시인의 사상을 가늠하게 한다.

그의 또 다른 시 「맑아지는 마음」을 보자.

아침에 시를 읽으면

마음이 맑아진다

아침에 시집을 대하면
기분 좋은 하루를 열 수 있다

아침에 시 한 수를 마음에 새기면
시를 쓴 시인보다
더 큰 세상을 가슴에 담게 된다

　시는 그의 일상이 되어 있고 시를 사랑하는 시인으로, 공부하는 시인으로　그의 시는 점차 나이를 떠나서 젊어지고 있는 것이다.

　강 시인의 5시집 『아버지는 역사다』에 대표적인 시로 '마르는 것들'을 보면 자연적 생사관을 노래하고 있다.

마르는 것들

세상은 마르는 것들로
이루어져 있다

세상에 마르지 않는 것이
어디 있으랴

찬란히 빛나는 예술도
언젠가는 말라버린 유물이 되고

작품해설
이 외지는 의식더

아름다웠던 우리 사랑도
때가 되면 세월의 뒤안길로 사라지리니

세상에 마르지 않고 온전히
서 있는 것은 아무것도 없는 법

언제쯤일까 내 몸이 마를 날은
흔적조차 없이 말라서 사라질 날은

　이번 강 시인의 시집에서 특기할 것은 작년 97세를 일기로 돌아가신 '아버지'에 대한 시들이다.
　「일찍 들어와」, 「신바람」, 「아버지는 역사다」, 「무너진 전설」, 「아버지의 사랑」, 「아버지」 등, 여덟 편이나 되며 시의 주제에서 보이듯이 아버지에 대한 애틋한 효심이 매 편마다 감동적이다.

아버지

꼭 끌어안으면
으스러질 것만 같은
늙은 아버지

97년이란 세월을
등에 업고
갈수록 동그랗게
오그라들기만 하는
점점 작아지는 아버지

"일찍 들어와!"
　　기쁘면서도 아픈 말씀
　　사랑도 깊으면 걱정도 깊어라

　　그리고 「임종」이란 시에서는 배터리가 떨어져 가는 전지 시계
의 최후를 리얼하게 표현하면서 생을 다하고 죽음에 이르는 인간
임종으로 매치시켜 메카니즘의 종말과 대비시킨다.

　　「뭐 땜에 사나」에서 강 시인의 현실과 접하게 된다.
　　이 시에서 강 시인은 "비행기 한 번 못 타보고 제주도 한 번
못 가보고 사니까, 도니보다 어려운 사람들도 동남아에 유럽에
다녀오는데 자신은 무엇인가 무엇 때문에 사는가"하고 절규하고
있다. 그러나 이는 아픔이나 그의 불행으로 보이지 않는다. 진실
을 '카타르시스' 하는 만족, 또는 자기 위안으로 보고 싶다.

　　그의 시 중에 좀 특이한 것이 있다. 「변방」이란 시다.
　　이 시는 포천의 지정학적 요인에서 오는 가난이나 불운 같은
것이 운명적 지정학적 변방으로 보는 것이다.
　　열 줄의 '테마' 시로 볼 수 있다. 강 시인은 여기서 사물의 핵
심을 보고 인간 중심을 꿰뚫기도 한다.

　　강 시인의 시에는 읽고 나면 고개를 끄덕이게 하고 입가에 웃
음을 머금게 하지만 날카로운 인생의 경구가 도사려 있고 코믹한
지혜가 돋보인다. 그 일련의 시가 「영그는 삶」「신비」「문제점」
「발에 대하여」에서 잘 드러나고 있다.

즉흥적인 장편(掌編) 급에 속하는 시도 「안주」 「그래저」 「헛소리」 「의문」 「아가씨」 「지나간 인생」 「여자다」 등에서 음미할수록 재미를 더하게 한다.

또 짧은 시로 그 의미를 형상화 하는 시도 재미에 한몫한다. 짧기로는 네 줄 열 한(十一)자의 「가장 좋은 말」이 있고, 석 줄 스물한 자의 「좋은 세상」이 한 편의 시를 구성하며 강 시인의 시 세계에 보석처럼 반짝인다.

2015. 11.
전 예술인동우회장
방초 이 석 구

국립중앙도서관 출판예정도서목록(CIP)

아버지는 역사다 : 강돈희 시집 / 글사진: 강돈희. ── 서울
: 담장너머, 2015
    p. ;   cm ── (Over a wall poetry ; 22)

표제관련정보: 사진과 시로 들려주는 꿈을 찍는 사진쟁이의
소소한 이야기
ISBN 978-89-92392-41-9 03810 : ₩10000

한국 현대시[韓國現代詩]

811.7-KDC6
895.715-DDC23   CIP2015032895

Over a Wall Poetry
22

인지생략

아버지는 역사다

2015년 12월 1일 초판 1쇄 인쇄
2015년 12월 11일 초판 1쇄 펴냄

글 사진 | 강돈희
펴낸이 | 송계원
디자인 | 송동현 정선
제 작 | 민관홍 박동민 민수환
펴낸곳 | 도서출판 담장너머
등 록 | 2005년 1월 27일 제2-4102
주 소 | 100-272 서울시 중구 퇴계로36나길 19-13, 105호
전 화 | 02-2268-7680, 010-8776-7660
팩 스 | 02-2268-7681
이메일 | overawall@hanmail.net
카 페 | http://cafe.daum.net/overawall

2015 ⓒ 강돈희

ISBN 89-92392-41-9 03810
값 10,000원

*파본은 본사나 구입하신 서점에서 교환해드립니다.